作家出版社建社70周年
珍本文库
1953—2023

作家出版社建社70周年珍本文库

策划 / 鲍 坚 张亚丽
终审 / 颜 慧 王 松 胡 军 方 文
监印 / 扈文建
统筹 / 姬小琴

出版说明

　　1953年，作家出版社在祖国蒸蒸日上的新气象中成立，至今谱写了70年华彩乐章。时代风起云涌间，中国文学名家力作迭出，流派异彩纷呈，取得的成绩令世人瞩目。作为中国出版事业的中坚力量，作家出版社在经典文学出版、作家队伍建设、文学风气引领等方面成就卓著，用一部部厚重扎实的作品，夯实了新中国文学的根基。为庆祝作家出版社成立70周年，向老一代经典作家致敬，向伟大的文学时代致敬，我们启动"作家出版社建社70周年珍本文库"文学工程，选取部分建社初期作家出版社首次出版的作品重装出版，彰显中国风格、中国气派和文学价值观上的人民立场，共同见证新中国文学事业的勃发和生机。相信这套文库的文学价值和社会意义，将随着时间的推移而日益显示出来。需要说明的是，由于一些原因，未能尽数收录建社初期所有重要作品，我们心存遗憾。衷心感谢中国作家协会、各位作家及作家亲属给予本文库的大力支持。

作家出版社

内容简介：

《朝阳花开》是贺敬之在延安文艺座谈会以后到解放前夕的诗歌选集。诗人全身心投入革命，用自己的笔、自己的歌喉去书写、歌唱最紧迫的战斗任务，反对顽固派，保卫边区，赞颂党和领袖，宣传解放战争的战略方针，反映土改、参军等一系列伟大斗争，让我们感受到那个时代人民大众的火热的斗争，炽热的感情，再现了那个时代农村斗争生活的动人场面。

贺敬之

1924年生，山东枣庄人。现代著名诗人、剧作家。13岁考入山东省立第四乡村师范，15岁参加抗日救国运动，16岁到延安入鲁迅艺术学院文学系，17岁入党。1945年，和丁毅执笔集体创作了我国第一部新歌剧《白毛女》，获1951年斯大林文学奖。曾任《剧本》月刊、《诗刊》编委，文化部副部长，中宣部副部长，文化部代理部长。出版诗集《并没有冬天》《笑》《朝阳花开》等。1956年，以真挚而热忱的感情写下脍炙人口的优秀诗篇《回延安》。

作家出版社 首版封面

《朝阳花开》

贺敬之 著
作家出版社1954年10月

朝阳花开

贺敬之 ○ 著

作家出版社

图书在版编目（CIP）数据

朝阳花开／贺敬之著．--北京：作家出版社，2023.10
（作家出版社建社70周年珍本文库）
ISBN 978-7-5212-2454-2

Ⅰ．①朝… Ⅱ．①贺… Ⅲ．①诗集-中国-当代
Ⅳ．①I227

中国国家版本馆CIP数据核字（2023）第156751号

本书文字作品由中国文字著作权协会授权。

朝阳花开

策　　划：	鲍　坚　张亚丽
统　　筹：	姬小琴
作　　者：	贺敬之
责任编辑：	姬小琴
装帧设计：	棱角视觉
出版发行：	作家出版社有限公司
社　　址：	北京农展馆南里10号　　邮　　编：100125
电话传真：	86-10-65067186（发行中心及邮购部）
	86-10-65004079（总编室）
E-mail:	zuojia@zuojia.net.cn
http:	//www.zuojiachubanshe.com
印　　刷：	北京盛通印刷股份有限公司
成品尺寸：	142×210
字　　数：	39千
印　　张：	3.25
版　　次：	2023年10月第1版
印　　次：	2023年10月第1次印刷
ISBN	978-7-5212-2454-2
定　　价：	46.00元

作家版图书，版权所有，侵权必究。
作家版图书，印装错误可随时退换。

目录

我的家 / 001

拦牛歌 / 004

七枝花 / 007

太阳在心头 / 011

朱德歌 / 013

志丹陵 / 016

迎接八路军 / 018

行军散歌 / 020

 一 开差走了 / 020

 二 果子香 / 022

 三 崖畔上开花 / 023

 四 当天上响雷 / 024

 五 到清涧 / 026

 六 满堂川 / 028

 七 羊儿卧 / 029

八　枣儿红 /029

九　看见妈妈 /031

一〇　过黄河 /036

一一　临南民兵 /039

白家园子选农会 /044

翻身歌 /046

自由的歌 /048

胜利进行曲 /056

送参军 /058

张大嫂写信 /066

搂草鸡毛 /072

笑 /084

附记 /102

我的家

陕甘宁——我的家,
几眼新窑在这垯[1]。

这里是——我的庄稼:
谷子一片黄。
荞麦正开花。
你听那桃秫[2]叶子哗啦啦啦想说啥?

唔,还有这牛,这羊,
这一群黑油油的小猪娃。

---

1. 这垯,西北方言,这里。
2. 桃秫,高粱。

暖堂堂的太阳头上照,
活闪闪,一杆红旗崄畔上插。

眼望这一片好光景,
叫我怎能不爱它?

革命前,真可怜呵……
咳,过去的光景不提它!
陕甘宁——我的家,
如今一满不同啦。

呃!你看,那桃秫地里,
有个黑影过来啦!

是狼?是狗?
还是什么坏家伙?

唔,看清啦:

是他们!

娃! 把我的枪拿来,
咱要撵走这贼娃!

呵!
陕甘宁呵,我的家,
我怎能叫强盗来侵占,
我怎能不来保卫它?

1942年9月,延安。

拦牛歌

打牛来呵,打!
快打牛来呵,打!
山上有狼来了呵,
快回去……
——陕北民歌

狼儿来了我不怕,
拦牛的人儿力气大。
狼儿来了我哨狗[1],
咬死狼儿带上走。

---

1. 哨狗,挑唆狗的意思。

黄牛黑牛花花牛,

还有几头大犍牛。

大牛走头小牛走后,

牛不老[1]跟在妈后头。

青青草儿你吃够,

清清水儿你喝够……

太阳落山你等等我,

打几个木瓜往回走。

我把牛儿拦得肥,

刘家女娃长得美;

我把牛儿拦得好,

刘家女娃穿红袄。

大牛小牛莫打架,

---

1. 牛不老,牛犊。

女娃看见笑话咱。
……灶火里冒烟吃饭啦,
叫声牛儿进圈啦。

1945 年 9 月,绥德。

七枝花

什么花开花朝太阳?
什么人拥护共产党?
葵花儿开花朝太阳,
老百姓拥护共产党。
共产党,怎么样?
他给人民出主张——
老百姓拥护共产党。

什么花开花穿在身?
什么人的话儿要记在心?
棉花儿开花穿在身,
毛主席的话儿记在心。

毛主席，说什么？
"全心全意为人民"——
毛主席的话儿记在心。

什么花开花不怕雪？
什么军队打仗最坚决？
腊梅花开花不怕雪，
人民军队打仗最坚决。
为什么，最坚决？
人民的敌人要消灭——
人民军队打仗最坚决。

什么花开花根连根？
什么军队和人民一条心？
荷花开花根连根，
解放军和人民一条心。
一条心，为什么？
军民本是一家人——
解放军和人民一条心。

什么花开花拦住路?
什么鬼怪要铲除?
蒺藜开花拦住路,
反动派鬼怪要铲除。
要铲除,为什么?
消灭反动派才能享幸福——
反动派鬼怪要铲除。

什么花开花千里红?
什么人发动了大反攻?
荞麦开花千里红,
解放军发动了大反攻。
大反攻,怎么样?
反动派一起消灭净——
解放军发动大反攻。

什么花开花迎春天?
什么人迎接胜利年?

迎春花开花迎春天，
中国人民迎接胜利年。
迎接胜利，怎么样？
团结一起走向前！

1943 年，延安。

1948 年重写。

太阳在心头

张三牵着老黄牛,
他在地畔慢慢儿走,
眼看太阳落西山,
他倒有另一个太阳在心头。

张三左思右一想,
一年四季春到秋,
今年收成真正好,
你看谷糜满山沟。

为啥如今光景比往年好?
不是天差神保佑,

因为有了毛泽东——
温暖的太阳在心头。

毛主席比太阳更温暖,
他比那太阳更长久。
张三拉了泥菩萨的架,
灶君神扔到火里头!

黄牛忍不住叫几声,
张三唱起了"信天游"。
天上的星星眨眼笑,
他看见:光明大路在前头。

1941年9月,延安。

朱德歌

在那些年头，
哭声哽住口；
在那些年头，
铁链锁住手；
在那些年头，
灾难压低了头。
忽然，大星星亮啦，
把我们的哭声止住。

在那些年头，
孩子没有奶；
在那些年头，

灯里没有油；
在那些年头，
锅里没有粥。
忽然，他伸出手来，
他的声音把我们招呼。

我们起来跟他走，
放下忧来抛下愁。
大星星照在前面，
我们抬起低下的头。
千年的土地要翻身，
万里的长途要到头。
他呵，朱德同志，
他是我们战斗的领袖。

我们起来跟他走，
勇敢前进不停留。
人民的希望担在肩，
战斗的武器拿在手。

井冈山上举红旗,
北上抗日成铁流!
前进,同志们,
跟随我们战斗的领袖。

我们起来跟他走,
刺刀开辟我们的路。
跨过风雪千万里,
跨过黑夜穿浓雾,
跨过不开花的荒凉道,
跨过战友们的尸首。
前进,同志们,
伟大的胜利在前边等候!

1942年8月,延安。

志丹陵

一滴眼泪一滴汗，
一块石头一块砖，
修起了志丹陵；
修起了志丹陵，
志丹陵呵百尺高，
高不过志丹同志的大功劳。

为穷人吃来为穷人穿，
为了千万穷人把身翻。
纪念碑立在陵前，
刻下了纪念——
刻也刻不完呵，

刻在那千万人民心中间。

送灵队伍低下了头,
抬着灵柩慢慢儿走。
往年咱跟刘志丹,
咱是红色游击队员,
陕甘宁到处都走遍,
如今的路呵可比往年宽。

红旗蒙在灵柩上,
人民祭灵在路旁。
千万人民排起队,
唱起了歌儿多悲壮:
——志丹同志没有死,
志丹陵发出万丈光芒!
——志丹同志没有死,
志丹陵发出万丈光芒!

1943年5月,延安。

迎接八路军

放鞭炮,打锣鼓,
开开大门迎八路。
　　八路军呵——解放军,
　　带来幸福给咱们。

今天盼呵,明天盼,
盼到这会见青天。
　　八路军呵——解放军,
　　带来幸福给咱们。

说一场呵,笑一场,
拉住手儿不肯放。

八路军呵——解放军,
　　带来幸福给咱们。

敬上酒呵,献上花,
我把八路军接到家。
　　八路军呵——解放军,
　　带来幸福给咱们。

咱们的解放军千千万,
咱们老百姓有靠山,
山靠水来水靠山,
幸福的日子在眼前!

1945年8月,延安。

行军散歌

一 开差走了

芦花公鸡叫天明,
脑圹[1]上哨子一哇声。
打上行李背上包,
咱们的队伍开差走了。

满地的露水满沟的雾,
四十里平川照不见路。

---

1. 脑圹,窑顶上,山坡。

荞麦开花十里红,
二十里路上歇一阵。

崖上下来了老妈妈,
窑里出来了女娃娃,
长胡子老汉笑开啦,
拦羊娃娃过来啦。

老妈妈手捧大红枣,
拉住我们吃个饱。
把我们围个不透风,
手拉手儿把话明:

"水有源呀树有根,
见了咱八路军亲又亲。"

"金桃秫[1]开花红缨缨长,

---

1. 金桃秫,即玉蜀黍。

到了前方打胜仗。"

"快快走了快快来,
人要不来信捎来。
山高路远信难捎,
要把你们的心捎到。
快把敌人都打垮,
回来给你们戴红花!"

1945 年 9 月 20 日,从延安出发到四十里铺。

二　果子香

一早起来这么大的雾呵,
模模糊糊看不见路呵。

老远地

听见驮口的铜铃儿响呵,
一阵阵
　　闻见了扑鼻的果子香呵。

9月21日,到甘谷驿。

三　崖畔上开花

崖畔上开花蝙蝙[1]飞,
崖畔底下长流水。

崖畔底下长流水,
拦羊娃娃哨梅笛儿[2]。

---

1. 蝙蝙,蝴蝶。
2. 哨梅笛儿,吹笛。

梅笛哨得如流水，
梅笛哨的拦羊曲儿。

羊儿壮来羊儿肥，
陕北的人民光景美。

9月23日，到禹居。

四　当天上响雷

当天上响雷格啦啦，
满沟里下雨活洒洒。
军衣淋得湿塌塌，
唱歌唱得格哇哇！

雨里遇见个老人家，
他家就住郭家塔。

老人家年纪五十八,
身上背着百来斤花。

棉花重来路又滑,
跌倒在地实难爬。
我们上前搀起他,
替他把花背回家。

雷声阵阵响,
雨点阵阵大!
一步一步
　　看见了前边郭家塔。

"就到啦,
就到啦,
　　前面就是我的家!"

老汉拉住我们不肯放,

推开窑门让进了家。
先点一把火,
后烧一锅茶,
热炕上坐定把话拉。

9月24日,到郭家塔。

五　到清涧

三十里细雨二十里风,
转过山峁到了清涧城。

清涧城头高又高,
前十年红旗城上飘!

前十年红旗城头上飘,
后十年老百姓光景好。

谁不知清涧出石板?
大街上铺得平展展。

走过了大街转过弯,
大队人马进兵站。

兵站安在"进士第",
"培远堂"前把脚洗。

进士门第风雨打,
咱们同志笑话它!

进士门第高又高,
黑漆金匾掉下了。

进士门第低又低,
我把旧社会一脚踢!

9月25日,清涧。

六　满堂川

满堂川呵，满堂川，
太阳照得红艳艳。

枣儿红呵，梨儿圆，
谷米秭秋长满山。

拦羊娃娃唱曲哩，
对对羊儿喝水哩。

天上有云彩地下有花，
满堂川的娃娃爱他的家。

10月3日，过满堂川。

七　羊儿卧

白格生生的羊儿青石板上卧,
八路军开步桥上过。

羊儿吃得草青青,
八路军为的老百姓。

10月4日,贺家坪。

八　枣儿红

一路上的枣儿数上这垯的红,
陕北的女娃数上这垯的俊。

扛上长杆打红枣,

对对姐妹对对笑。

大队的八路军开步走,
大把的红枣塞进手。

"吃我的红枣不要钱,
嘴里吃了心里甜。"

"吃你的红枣我记账,
流水账写在枪尖上。"

"消灭了敌人勾了账,
回来再闻你枣花香!"

10月5日,吴堡。

九　看见妈妈

满地的鸡娃叫咕咕，
老婆婆跪在当院簸桃秫。

糠皮皮落到她头发里，
汗珠珠洒到她簸箕里。

看见老婆婆脸上笑，
我的心里咚咚跳。

这婆婆的眉眼好熟惯，
好像在哪里见过面？

看前身好像是妈妈样，
看后影好像是亲娘！

眼前好像一场梦，

一脚踏进自家门!

…………

提起家来家乡远,
三千里外,隔水又隔山。

十四上离了自家门,
十七岁自愿参加了八路军。

还记得那太阳落西山,
还记得那灶火冒青烟。

还记得满地的鸡娃叫咕咕,
还记得母亲在院里簸桃秋。

还记得糠皮皮落到妈妈头发里,
还记得妈妈的汗珠落到簸箕里。

还记得我离家那一晚,
油灯直点到捻子干。

妈妈手拿棉花纺不成线,
泪汗打得棉线断。

第二天她把我送出大门外,
我从那越走越远不回来。

…………

呵,可怎么今天回了家,
又看见自己亲妈妈!

妈妈呵,手里的簸箕快放下,
你看呵,儿子今天回来啦!

"年轻的八路军你认错了人,
擦干眼泪你看清!"

哦！年轻的八路军认错了人，
擦干眼泪，我呵，我看清：

我姓贺来她姓陈，
她原是个老百姓。

咳，妈妈呵，说我错认我没错认，
叫我看清我早看清。

人模样虽有千千万，
模样不同心一般！

八路军呵，老百姓，
本就是母子骨肉亲。

哪一棵桃秋不结子？
哪一个穗穗不连根？

为了爹妈不受穷,
为了我们要翻身,

庄子里才出了我们扛枪的人,
土地里生长了我们八路军。

黑天白日打敌人,
千山万水向前进!

一天换一个地方扎,
一天就回一次家!

一天就回一次家,
一天一回看妈妈!

看见妈妈笑吟吟,
两手就能举千斤。

看见妈妈笑呵呵,

铁打的堡垒也冲破。

为了妈妈生和死,
水里来了火里去!

为了妈妈死和生,
烂了骨头也甘心!

10月3日,郝家坪。

一〇　过黄河

风卷黄河浪,
一片闹嚷嚷,
大队人马来到河畔上。

船尾接船头,

船头接船尾,
艄公破水把船推。

人马上了船,
艄公收了纤,
吆喝一声船儿离了岸。

艄公扳转桨,
船儿调转头,
哗啦啦排开顺水流。

船到河当中,
人心如拉弓,
七尺的大浪直往船边涌!

老艄稳稳站,
小艄用力扳,
声声吼叫震响万丛山。

青山高千丈，

太阳明晃晃，

赤身子的小艄站在船头上。

老艄眼瞅定，

胡采飘在胸，

他的那口号如军令。

黄河五千年，

天下第一川，

河上的风浪他熟惯。

扳过了大浪头，

大船靠了岸，

船头上跳下我们英雄汉。

头顶火烧云，

脚踏河东地，

五尺大步走向胜利去!

10月5日,碛口。

一一　临南民兵

清格朗朗的流水蓝格英英的山,
山前里一片大枣园。

东边一个塔来西边一个塔,
羊肠小路穿在当隔拉[1]。

村名就叫双塔村,
临南县里它有名。

---

1. 当隔拉,中间的意思。

绿叶里藏的枣儿红,
枣林里藏的众英雄。

人民的英雄是真英雄,
临南的民兵八百名。

八百条好汉集中受训练,
要上前方去参战!

射击投弹埋地雷,
各样的武艺都学会。

刺枪好比猛虎斗,
冲锋好像鱼儿游。

埋地雷好像龙戏珠,
投弹好像狮子滚绣球。

繁峙县有个摩天岭,

民兵的本领比它高三分。

西楚的霸王力气大,
比不上咱们民兵脚指甲。

武器拿在人民的手,
神担忧来鬼发愁。

前半月打了回离石城,
一声春雷遍地惊。

三五八旅英雄将,
临南民兵配合上。

大水漫了搁浅的船,
离石城叫咱围了个严。

离石的城墙五丈高,
顽固的敌人守得牢。

头一回冲锋没攻下,
接连着又把命令发。

第二道命令往下传,
民兵又把梯子搬。

一排炮打破了半拉城,
咱们的人马往里涌!

搁浅的船儿裂了缝,
水满船舱往下沉。

守城的敌人缴了枪,
跑走的叫民兵消灭光。

民兵和战士肩并肩,
小伙子个个都勇敢。

英雄的故事传遍河东地,
小杨树见了民兵也敬礼。

姑娘们给英雄献瓜果,
我给英雄们唱赞歌。

唱一阵歌来拉一阵话,
"太原城里再会吧!"

10月9日,双塔村。

白家园子选农会

千声锣鼓一个音——
黄庄的穷人要翻身!
白家园子开大会,
榆树底下闹哄哄……

二十砟[1]榆树一条根,
穷人抱得一条心,
为的咱们有地种,
为的咱们不受穷。

---

1. 砟,意即株。

大哥、二哥、姊妹们,
早先过的啥光景?
心里有苦站起来说呵,
这里有咱做主的人。

穷人要想吃饱饭,
饭碗要咱自己端,
今天咱们选农会,
穷人起来自己干!

一不做来二不休,
推倒葫芦洒了油——
要想翻身翻到底,
撕破地主的鬼计谋!

1946年5月,怀来黄庄。

翻身歌

青天蓝天,这么蓝蓝的天,
这会儿是咱们穷人的天,
分了粮食分了地,
不愁吃穿心喜欢!

手端着黄糕门前站,
气得老财没法办!
看咱们民兵挎上枪,
呼啦呼啦大街上串。

叫一声老财你不要瞪眼,
这伙子穷汉不同以前,

受你的压迫多少年,
今天该咱们挺身站!

翻了身的人民千千万,
人民的八路军万万千,
咱们的力量比天大,
要把反动派消灭完。

特务灰鬼你不要造谣言,
咱们不受你的骗,
胜利是咱们人民的,
明朗朗的日头变不了天。

脚底下踏着自己的地,
头上顶着自己的天,
跟着咱们的共产党,
人民胜利万万年!

1946年10月,山西广灵南村。

自由的歌

祖国的土地上，
奔流着黄河长江——
四万万人民的心里，
埋藏着一个永久的希望。
这希望呵，
比长江更久长，
比黄河更激荡；
这希望呵，
千百年来在人民心里成长：

　　祖国要自由，
　　　人民要解放，

打碎旧社会的枷锁呵,
　　让灿烂的太阳
　　照遍祖国的四面八方!

高山变成平原,
平原变成高山……
只有这坚强的希望
世世代代永不改变。
有多少
先烈志士抛弃头颅,
多少人民流血流汗,
只为了
这希望能在祖国实现:

　　祖国要自由,
　　人民要解放,
　　打碎旧社会的枷锁呵,
　　让灿烂的太阳
　　照遍祖国的四面八方!

残暴的帝王,

他有杀人的枪刀;

他有法场刑台,

他有那监狱和镣铐。

数不清

害了多少先烈的生命,

摧残了多少志士的青春,

但是呵,

千万人民的希望永远生存:

　　祖国要自由,

　　人民要解放,

　　打碎旧社会的枷锁呵,

　　让灿烂的太阳

　　照遍祖国的四面八方!

曾经有多少回,

人民的斗争被镇压了——

烈火被扑灭,

统治者在狞笑……

但立刻

倒下的人又站起来,

黑暗中又点起火苗,

那希望呵

又在抗拒着风雪燃烧!

  祖国要自由,

  人民要解放,

  打碎旧社会的枷锁呵,

  让灿烂的太阳

  照遍祖国的四面八方!

田野里的荒草,

遮盖了父亲的坟墓……

父亲在临死的时候,

没给我留下财产地亩,

只有这

永久不变的希望,
叫我牢牢地记住。
为了它
我将献出我的热血头颅,
我死了
还要把这希望给子孙告诉。

祖国要自由,
人民要解放,
打碎那旧社会的枷锁呵,
让灿烂的太阳
照遍祖国的四面八方!

在那漆黑的晚上,
一颗红星在天空发亮,
千万人民向他奔去——
那是亲爱的毛泽东、共产党!
毛泽东呵,
举起战斗的红旗,

指引我们前进的方向。

武装起来!

用枪杆实现我们的希望:

  祖国要自由,

  人民要解放,

  打碎旧社会的枷锁呵,

  让灿烂的太阳

  照遍祖国的四面八方!

几十年的战斗,

我们在枪林弹雨中前进……

那罪恶的统治暴君,

再也挡不住革命的车轮。

你听吧:

自由的钟声响了,

已到了他最后的时辰。

发抖吧!

审判你们的日子已经来临。

祖国要自由,
人民要解放,
打碎旧社会的枷锁呵,
让灿烂的太阳
照遍祖国的四面八方!

呵!祖国的土地上,
奔流着黄河长江——
四万万人民的心里,
埋藏着一个永久的希望。
今天呵,
这希望就要实现,
血汗换得最后的报偿,
让我们
流着欢喜的眼泪奔跑歌唱!

歌唱祖国的自由,
歌唱人民的解放,

打碎了旧社会的枷锁,

看灿烂的太阳

照遍了祖国的四面八方!

1948年。

胜利进行曲

看呵,我们胜利的旗帜迎风飘扬,
看灿烂的太阳升在东方,
嗨嗨,四万万人民欢呼歌唱,
那伟大的毛泽东领导我们走向解放!

呵!我们可爱的祖国呵祖国,
从今已打破那封建的枷锁。
再不能忍受那寒冷饥饿,
我们要过那自由幸福的新生活!

是谁,能够阻挡那黄河的万里奔流?
谁能阻挡我们前进的脚步?

嗨嗨,百万大军向前进攻,
把那万恶的蒋匪帮——封建和独裁消灭干净!

  呵!我们可爱的祖国呵祖国,
  从今已打破那封建的枷锁。
  再不能忍受那寒冷饥饿,
  我们要过那自由幸福的新生活!

来呵,我们团结在民主的旗帜下,
来建设我们人民的新国家,
平地上盖起高楼大厦,
那广阔的土地上四面八方开遍鲜花!

  呵!我们可爱的祖国呵祖国,
  从今要打破那封建的枷锁。
  再不能忍受那寒冷饥饿,
  我们要过那自由幸福的新生活!

1948年。

送参军

一

鸡冠花开花满院子红,
因为你参军我光荣。

鸡冠花开花红满院,
咱俩同意心情愿。

二

咱麦地里没价那扎扎草,
你不当那样的"草鸡毛"[1]。

咱家麦地里没价那蒲萝蔓[2],
我不当拉尾巴的把你缠。

年轻的男人当了"草鸡毛",
羞不羞来臊不臊?

年轻的媳妇落了拉尾巴的名,
大伙的言语一阵风。

---

1. "草鸡毛",北方讥语,胆怯的人。
2. 蒲萝蔓,一种蔓生的野草。

三

嘴唇贴在碗边上,
端起饭碗想一想。

贼羔子过来抢饭碗,
翻身的人们怎么办?

"草鸡毛"见了炕洞里藏,
英雄见了拿刀枪!

一盏明灯对面照,
咱俩的思想打通了。

四

七月的高粱先打苞,
第一个你就把名报。

一脚跳到台子上,
对着乡亲们把话讲。

东风刮得云往西,
人人的眼睛瞅着你。

你当火车头你挂钩,
全村的青年跟你就伴走。

风刮杨树叶哗哗响,
人人冲你拍巴掌!

我顺着人缝瞅一瞅,

心里高兴说不出口。

五

十八面大鼓二十四面钗[1],
对对铜锣亮洒洒。

锣鼓当当震翻天,
大旗飘飘在头前。

里八层来外八层,
街上人们围得不透风。

村长给你拉着马,
指导员给你戴上花。

---

1. 钗,即铜钹。

隔着人堆我挤不上去,
大伙儿关心不用我结记。

六

马上的红绸迎风飘,
年轻的英雄们上马走了!

马蹄子踩得咯哒咯哒响,
尘土扬在大道上。

三十匹走马三十个人骑,
一般的模样我认不出了你。

瞅着人影慢慢小,
瞅着瞅着走远了。

心里喜欢脸上笑,
谁还有那些个眼泪往外掉?

七

马前的道路马后的土,
你只管向前莫退后。

一根鞭子你手里拿,
你别忘了夜黑价[1]那句话。

心思使在那枪头上,
力气用在那刀尖上。

---

1. 夜黑价,意即昨天晚上。

为了土地、庄田、爹娘,还有我,
你勇敢打仗没有二话说!

1947 年 2 月 16 日,冀中郝家庄。

张大嫂写信

太阳落山红烧霞,
张大嫂背着柴转回家,
路过自己的菜园子地,
顺手摘了一朵朝阳花。

朝阳花开花朝太阳,
张大嫂心里想起了他——
男人参军去打仗,
朝阳花开花时候离开的家。

这么多的日子没有见面,
心里头倒有许多的话。

坐在炕上低头想……
噗嗒一声，朝阳花儿掉在地下。

张大嫂这就把那主意定，
写一封书信寄给他。
擦着了洋火点上了灯，
手里又把那笔来拿。

这几年张大嫂学了文化，
写一封书信可难不住她，
写得快来如走马，
写得慢来如绣花。

先写上男人的名字叫"德云"，
下添上"亲爱的同志"称呼他：
"见我的信来如见人，
见我的字来如见话。

"我问你在前方怎么样？

是不是功臣榜上又把名来挂?
不知你是不是入了党?
又戴过几朵光荣花?

"家里的情形我对你讲:
样样都好你别牵挂,
土地改革咱分了地,
咱比旁人多分三亩八。

"因为你参军上前线,
光荣匾就在咱家门上挂,
因为你为人民去立功,
村里的优待真不差。

"因为你寄回了报功单,
报功大队来到家,
响锣打鼓好热闹,
好像我那一天过门到你家。

"长号短笛迎着我吹,
红花绿叶向着我撒,
喜得大杨树也鼓掌,
乐得那喜鹊叫喳喳!

"调皮的妹妹拉着我的手,
叫我向大伙儿来讲话,
我说了句'努力生产……学习你……'
你说我还能说什么?

"可不是,我今年生产不算坏,
还和咱妹妹比赛学文化,
这一封书信就是我亲笔写,
有一些错字你别笑话。

"……呵,千言万语我写不尽,
一盆难栽万朵花。
写到最后还有一点,
你别忘了临走的晚上那句话:

"想着你呵,想着你!
雷打火烧不变卦,
我的心为你上了锁,
钥匙在你手中拿。

"嘴里头时时把你的名儿念,
心里头天天把你的模样画——
我念你功劳上头加功劳,
我画你英勇前进把敌杀。

"我叫你彻底消灭反动派,
我叫你保卫咱们的新国家,
保卫咱土地、家乡、高山、大河、好庄稼……
还有这一片金光闪闪的朝阳花。"

张大嫂写罢了这封信,
三星已偏到房檐下。
到明天千里路上捎书信,

解放军在前方收到了它。

呵！为了人民为祖国，
为了土地为了家，
也为了家中亲爱的她，
也为她在我临走时的那句话。

千万英雄向前进，
消灭敌人保卫新国家！
胜利的太阳照万里，
遍地开开了朝阳花！

1946年12月，山西广灵西加斗村初稿。

1949年，北京修改。

搂草鸡毛 [1]

打锣鼓，放鞭炮，

火花钻天好热闹！

张庄街上人挤满，

喇叭筒叫喊闪开了道——

四面锣，四面鼓，

四杆大旗迎风飘，

八个英雄马上坐，

十字披红面带笑。

手挽缰绳挺起胸，

连叫"乡亲们您听着：

---

1. 在参军运动中，村村挑战，如甲村未能完成计划，乙村参军青年即集队赴甲村进行示威，谓之"搂草鸡毛"。

参军打老蒋,
咱们把名报!"
"翻身的人们志气高,
咱张庄的小伙子可没落了草鸡毛!"

英雄们说得正带劲,
咳!猛然有人喊"报告":
"快煞锣鼓快卷旗,
这个事情不好了!
光顾咱村闹得好,
王庄的参军糟了糕,
小伙子们耷拉了脑袋泄了气,
到这会一个名字也没报!"

英雄们一听好气恼:
"王庄的人们真算孬[1]!
咱张王二村挑的战,

---

1. 孬,音挠,不好之意。

为什么你们不沾了?
好!乡亲们快打马,
咱们到王庄搂搂他的草鸡毛!"

说打马,就打马;
说出发,就出发!
大旗一摆出了村,
人马直奔王庄道——
马尾接马头,
马头接马尾,
尘土滚滚遍地飞!

一阵子好跑没住脚,
眼下王庄来到了。
村头村下勒住了马,
冲着街里高声叫:
"王庄的人们出来吧,
叫咱们见识见识草鸡毛!"

这一句话儿还没落音,
忽然村里放鞭炮!
登时街上人挤满,
喇叭筒叫喊闪开了道——
八面鼓,八面锣,
八杆大旗迎风飘,
十六个英雄马上坐,
双十字披红面带笑!

张庄的一看说:"毁了,
这回的草鸡毛大半搂差了……"

王庄的英雄赶上前,
开口就把张庄的叫:
"今天到此有什么事?
听说要搂俺王庄的草鸡毛?"

"哎,对……对不起,闹错了,
兄弟哥们担待着……"

"哼！隔着门缝来看人,
太把俺王庄看扁了。
对着大海你看不见深？
对着高山你看不见高？"

"咳……您别气，您别恼，
俺们给您赔礼了！"
张庄的上前一鞠躬，
王庄的点头还礼哈哈笑。
立时两村人马合一家，
手拉着手儿脚靠着脚；
肩膀头一比一般齐，
大旗一晃一般样的高。
这个说："咱们翻了身，
参军都把名来报！"
那个说："提起打老蒋，
谁不是火冒三尺高？"
"咳！翻身的小伙子挺胸站，

谁肯落一个草鸡毛?"

英雄们说得正带劲,
咳,猛然又有人喊"报告":
"快煞锣鼓快卷旗,
这一回实打实的不好了!
光顾咱两村闹得好,
李庄的参军糟了糕,
小伙子们个个都是往后捎[1],
到这会一个名字也没报!"

两村的英雄一听好气恼,
"李庄的人们真算孬!
刚说都是英雄汉,
一转眼就出了你们这草鸡毛?
咱三村挑的连环战,
就是你们不沾了?

---

1. 捎,读去声,后退之意。

好！乡亲们，快打马，
到李庄搂搂那实打实的草鸡毛！"

说打马，又打马；
说出发，又出发！
大旗一摆出了村，
人马直奔李庄道——
马尾接马头，
马头接马尾，
尘土滚滚遍地飞！

一阵子好跑没住脚，
眼下李庄来到了，
村头道边勒住了马，
冲着街里高声叫：
"李庄的人们出来吧，
叫咱们见识见识实打实的草鸡毛！"

这一句话儿还没落音，

咳，又听村里放鞭炮！
登时街上人挤满，
喇叭筒叫喊闪开了道。
十二面锣，十二面鼓，
十二杆大旗迎风飘，
二十四个英雄马上坐，
全身披红面带笑。

张王二庄的一看说："毁了又毁了，
这一回的草鸡毛又叫咱搂差了……"

李庄的英雄赶上前，
开口就把张王二庄叫：
"今天到此有什么事？
听说您两村合伙来搂俺李庄的草鸡毛！"

"哎，对……对不起，又闹错了，
兄弟哥们担待着……"

"哼，隔着筛子眼来看人，

太把俺李庄的看小了！

眼对着太阳你看不见亮？

头顶着青天你看不见高？"

"咳……您别气，您别恼，

俺们给您陪礼了！"

这边的上前一鞠躬，

那边的点头还礼哈哈笑。

立时三村人马合一家，

手拉着手来脚靠着脚；

肩膀头一比一般齐，

大旗一晃一般样的高。

这个说："翻身得了地，

哪一棵高粱不打苞？"

那个说："东方天要亮，

是公鸡谁不把名（明）报？"

"咳！抬起头来看一看，

实实在在没有一个草鸡毛！"

英雄们越说越带劲，
一声更比一声高！
哎，哪知道，赶得巧，
又有人截住话头喊"报告"……
"呵！去你的吧，别说了，
又是出了你的什么草鸡毛！
再不听你那一套，
一回一回尽是胡造谣！"

"哎，哥儿们，别蹦套[1]，
这一回您是误会了，
这事情可是大不同，
您手搭凉棚四下里瞧——
东南一片尘土扬，
西北上风刮大旗飘，
看，各路的人马滚滚来，

---

1. 蹦套，牲口脱开绳套，喻人发怒。

铺天盖地来到了!"

"什么旗,什么号?
什么枪,什么刀?"
"翻身旗,翻身号!
英雄枪,英雄刀!"

为头的快马一阵风,
进了村口高声叫:
"咳!张王李庄的同志们,
快快打马奔大道!
翻身团[1]里集合了,
各路的英雄都来到!
就差你们三个村,
听说你们闲着没事来搂草鸡毛?
咳,瞎胡闹!
咱们千万人民都是英雄汉,

---

1. 翻身团,土改后,农民参军组成新兵团,改编正规军前暂名。

哪里去找什么草鸡毛！
同志们：快出发！
快上战场打胜仗，
南京城里去搂那真正的草鸡毛！"

咳！阵阵锣鼓阵阵号，
一阵阵人欢马又叫！
千万英雄上战场，
大风要把落叶扫！
四路八方大进攻，
老蒋兵败如山倒。
胜利的消息到处传，
全国的人民齐欢笑！
千里路上挂明灯，
南京城头红旗飘！

1947年3月初稿。

1948年7月修改。

笑

大雪飘飘,

大雪飘飘,

一阵北风

撕开了满天的棉花桃!

棉花桃

搂头盖顶往下落呵,

往下落!

好一个快活的农民翻身年呀,

你脚踏北风

身披鹅毛,

满面红光

欢天喜地来到了！

奔谁来呀？
奔我来。
——张老好呵，
我知道。

我迎出你大门外，
我迎上你人行道……

啊，耀眼的红灯！
震耳的鞭炮！
啊，东边"吹歌"[1]响，
西边锣鼓敲！

——这不是你吗？
你放羊的刘大采；

---

1. "吹歌"，农村旧式乐队组织，或作"吹歌会"。

远有你呀,
当"善友"[1]的孙二嫂;
你,老明——咱农会主席;
你,三成——咱贫农代表;
…………

穷哥儿们呀,
好呵,好!
过年好!

——这是咱们的翻身年呵!
盘古开天辟地到如今,
这是头一遭!

张老好呵,
我笑,我笑!
我哈哈笑!

---

1. "善友",地主女仆。

我笑得那石头咧开了嘴,
我笑得那大树折断了腰,
我笑得那刘三爷门前的旗杆
喀嚓一声栽倒了!

"好子大伯,怎么啦?
疯了?傻了?
怎么一个劲儿地这么笑?"

怎么一个劲儿地这么笑?
孩子们呵,
眼前的这一桩奇景你瞧瞧:

那秋收的大麻,
叫人家把根削了,
把皮剥了,
水里浸了,
火里烧了,

沤了，烂了，焦了。

……一年两年过去了。
千年万载过去了。

啊！猛然间，
雷声响！——
地开了，
冰消了！
梦也梦不见的
春天来到了！
眼睁睁地，
它又发了芽，
它又长了苗！
绿油油的叶儿一"扑棱"[1]，
红登登的花儿迎风摇！
——我张老好呵，

---

1. "扑棱"，形容植物枝叶茂盛的状态。

受苦受罪的张老好,

啼哭了一辈子的张老好,

水里沤,火里烧,

喘不上气的张老好,

今天呵,翻了身了!

"热到三伏,

冷在中九,

活泼拉拉春打六九头。"

孩子们呵,

到了咱笑的节气了,

到了咱笑的年月了。

看着你,我笑,

看着他,我笑;

看着我的家,我的房;

看着我的锅,我的灶;

看着我一家大和小;

我笑呵,我笑!

我怎么能不笑?

……这一旁,
我的媳妇罗白面;
那一边,
我的老伴把饺子包。
她东间转,西间跑,
搁下担杖拿起筲[1],
又忙拉风箱,
又忙把火烧,
左手才把笼揭开,
右手又掂着切菜刀……

哈哈!看着看着,
我又笑。

老婆子,

---

1. 筲,水桶。

我笑的是你呀!

小心点,

别叫热气熏坏了眼。

别叫灶里的火苗烧坏了你那衣裳角!

呃,怎么啦?

谁又惹你不高兴:

平白无故,

你的脸色怎么改变了?

你低下了头,

弯下了腰,

泪珠子怎么又要往下掉?

咳!老娘们呀,别价了,

你思想的事儿我知道。

准又是你那个——

"苦根根呀苦苗苗,

受苦受罪的张老好,

咱给刘三爷扛活三十年,
熬白了头发累折了腰,
卖了咱那亲生女,
手提篮儿把饭要,
星星出呀星星落,
做梦也想不到有今朝!"

是的呀,老婆子,
这就是"翻身"呀,
这就是咱们的世道。

唔,小孙子,去,
把咱门上的对子,
给你奶奶念道念道,
大声点,告诉她——
"土——地——改——革——
农——民——翻——身——"
告诉她呵,这都是,
咱们共产党来领导!

可是呀,小孙子,

你也别笑话你奶奶呵,

要知道,

难过的日子,

叫你爷爷奶奶受完了,

好过的日子

叫你赶上了!

走吧,跟爷爷出去,

看看咱那才分的十五亩地,

——看看咱那"马兰道"[1]。

"马兰道"呀"马兰道",

你的主人我来了!

你看我围着你走,

你看我围着你绕,

三百二十单八步,

---

1. "马兰道",土地名。

一十五亩,
分厘也不少。

"马兰道"呀,
你是我的命根子,
有了你,
我从今后日子过得好,
再不怕他活阎王刘三毛!

刘三毛呀,
叫咱扳倒了,
受苦的汉子挺起了腰!

……呃,巧!
可怎么,"说着曹操,
曹操就到"?

"啊,那不是刘三爷吗?
怎么狐皮风帽也不要了?

羔皮马褂也不罩了?

出门也不吩咐老好把车套了?"

"咳……好子叔……

您别……别逗笑……"

呸!我吐你一口!

你也会"叔"长"叔"短啦?

你改了你那老调啦?

怎么?还想不想叫我给你

磕头下跪,

端屎捧尿?

还想不想再逼我去卖亲生女,

再逼我三尺麻绳去上吊?

——告诉你吧,不行啦!

变了天啦!

你的那"荣华富贵"过去了,

这人们的"光明世界"来到了!

穷哥儿们呀,
时候到了:
该走的走了,
该来的来了。

花到如今——
该开的开了,
该落的落了。

事到如今——
该哭的哭了,
该笑的笑了。

弟兄们呵,
笑吧,笑!
哈哈笑!
让咱们男男女女,

老老少少,

翻了身的穷人一齐笑!

大采!

快把咱街上的红灯点着,

看咱们

"翻身"灯,

"解放"灯,

"胜利"灯,

"光荣"灯……

一盏两盏、千盏万盏一齐照!

三成!

叫咱"吹歌会"的好把式们

好好地吹来好好地闹!

吹出来,

咱们的

"快活"调,

"幸福"调,

"自由"调,
"团圆"调……
一番两番、十番百番,
吹他个红花满地落!

喂!
把咱那大鼓大铙,
也抬出来,
用劲地敲!

咳!把咱那大喇叭筒
也拿出来,
走上广播台,
大嗓地叫!
——普天下的人们呀,
都听着:
天翻了个了,
地打了滚了,
千百万穷汉子站起来了!

——亲爱的毛主席呀,
您听着:
只因为有了您,
咱们的苦罪再也不受了,
幸福的日子来到了!

——什么比海深呵?
什么比天高?
毛主席的恩情比海深呀,
受苦人的力量比天高!

——我们是,
千千万,
万万千。
环结环,
套结套。
紧又紧,
牢又牢,

铁打的长城心一条!

挑起大红旗呵,
吹起震天号!
踢开活地狱呵,
踏上光明道!

消灭他千年老封建,
推翻他蒋介石小王朝,
看咱们:
刨他的根,
挖他的苗!
迎着大狂风,
架起大火烧!

叫他在风里啼哭,
叫他在火里喊叫,
叫他们今天
在咱们脚下死掉!

我们抬头,

我们大笑!

笑呵,笑!

哈哈笑!

千人笑,

万人笑!

笑他个粗风暴雨,

笑他个地动天摇!

笑他个千里冰雪开了冻,

笑他个万里大海起了潮!

1947年2月,冀中束鹿郝家庄。

附 记

　　这本集子里收的是我在一九四二年以后到一九四九年以前写的一些短诗和歌词。一九五一年曾经出版过一次。这一次重新整理了一下，抽掉了一部分，余下的作了个别的小的修改。

　　原来歌词和诗是分开编的，这一次没有把它们分开，也没有注明。

作者　1954年5月15日，北京。